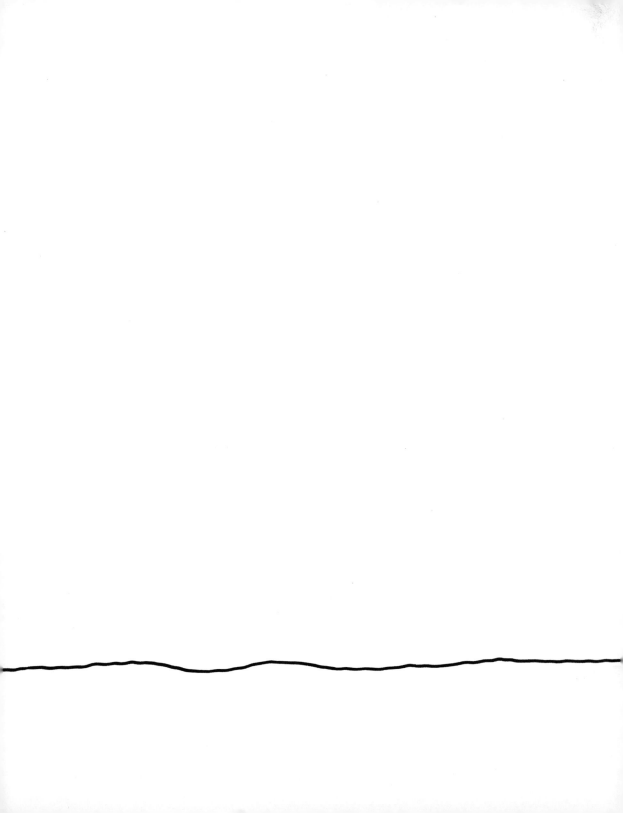

La Parte que Falta

Un libro de Ursula Nordstrom

Shel Silverstein

LA PARTE QUE FALTA

Intermón Oxfam

Dirección de la colección: Cristina Concellón
Coordinación de la producción: Elisa Sarsanedas
Colección coordinada por TresBrujas.

Título original: *The Missing Piece*, 1976
© texto e ilustraciones: Shel Silverstein,
© prorrogado por Evil Eye, LLC, 1976
© traducción: Ben Clark, 2010
© de esta edición: Intermón Oxfam, 2010
www.IntermonOxfam.org

1ª edición: marzo 2011
ISBN: 978-84-8452-682-7

Impreso en España
Depósito legal: 1.341/2010

Impreso en papel ecológico.

para Gerry

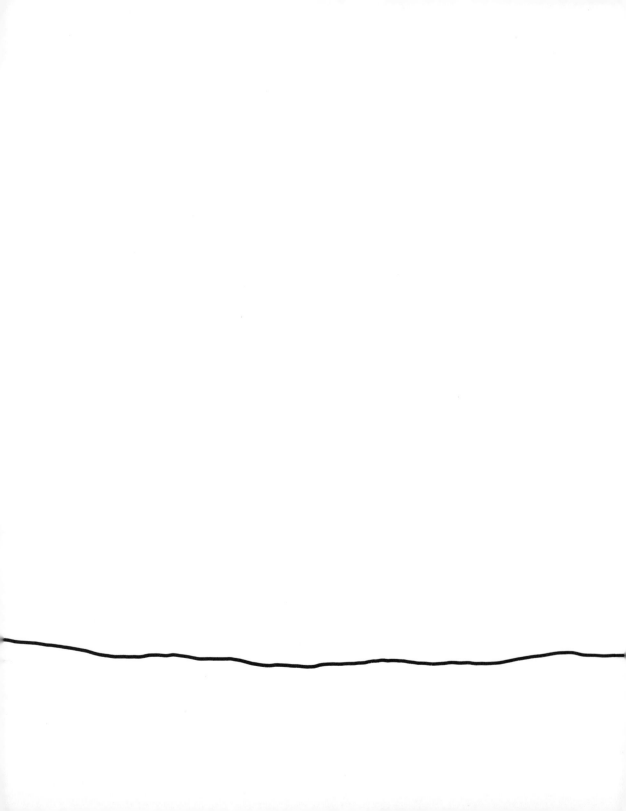

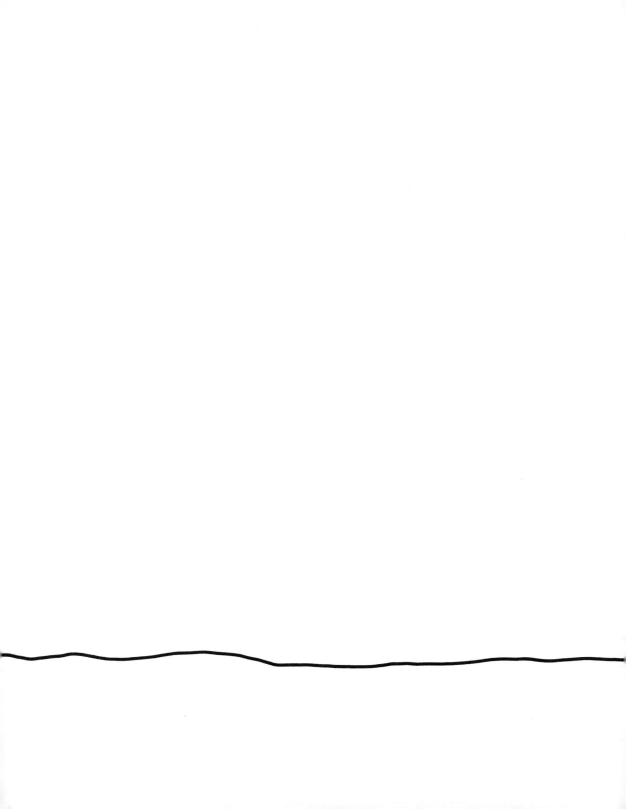

Le faltaba una parte
y no era feliz.

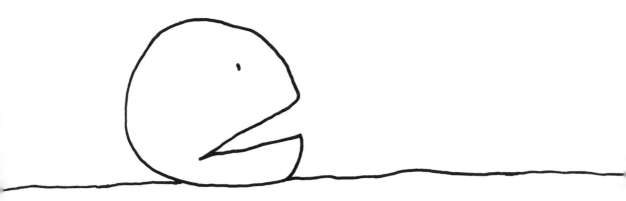

Así que salió en busca
de la parte que faltaba.

Y mientras rodaba
cantaba esta canción:

"Oh voy buscando lo que me falta,
la parte que me falta
y ayer, y hoy, allá voy,
buscando lo que me falta."

A veces se abrasaba bajo el sol

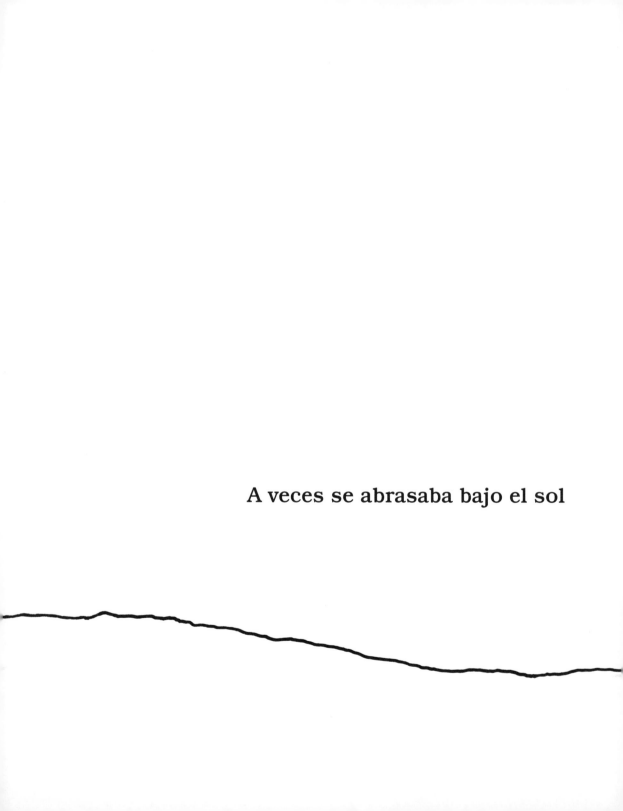

pero entonces caía la lluvia fresca.

Y a veces se congelaba por la nieve
pero entonces llegaba el sol, para calentarlo de nuevo.

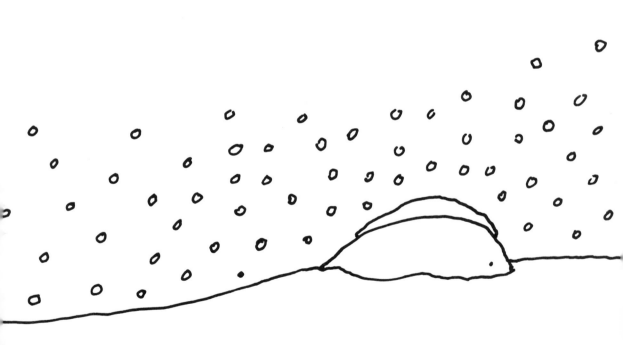

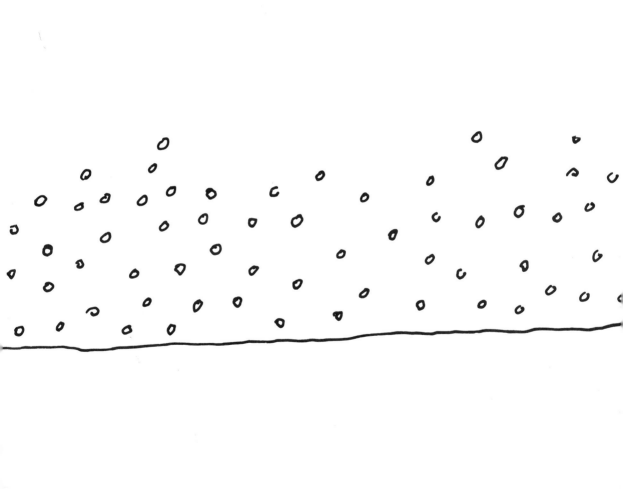

Y como le faltaba una parte
no podía andar muy deprisa,
así que se detenía para
hablar con un gusano

o para oler una flor

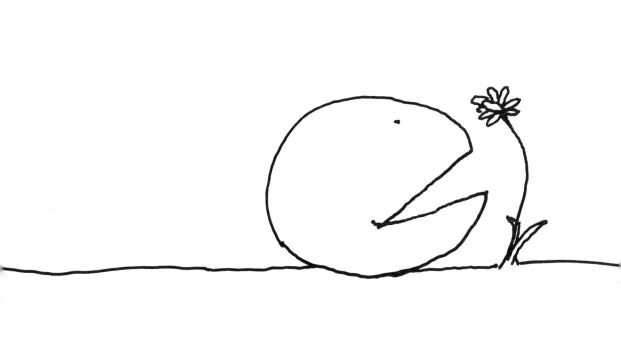

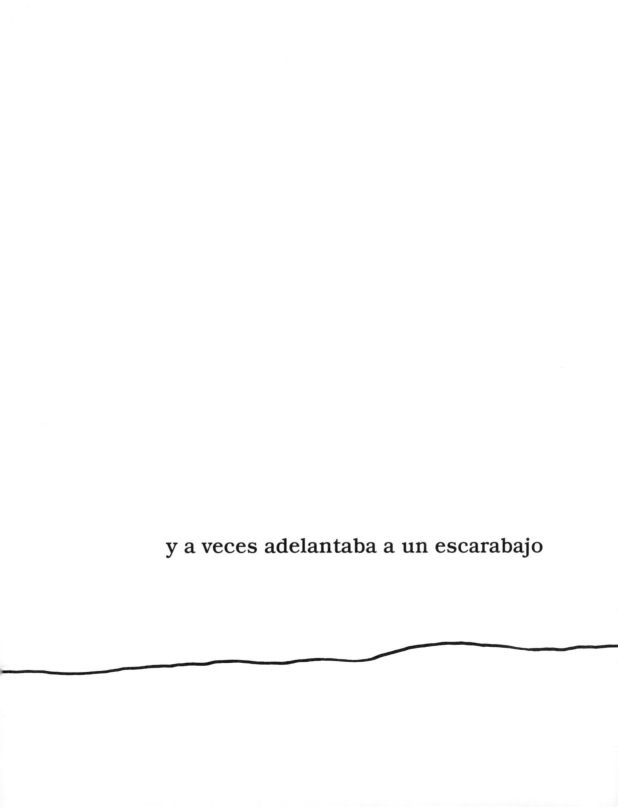

y a veces adelantaba a un escarabajo

y otras veces era el escarabajo
quien lo adelantaba a él.

Y esto era el mejor de todo.

Y así continuó,
sobre los océanos

"Voy buscando lo que me falta,
la parte que me falta,
voy por la tierra y por el mar,
nado y nado y no paro de rodar
porque busco la parte que me falta"

por pantanos y selvas

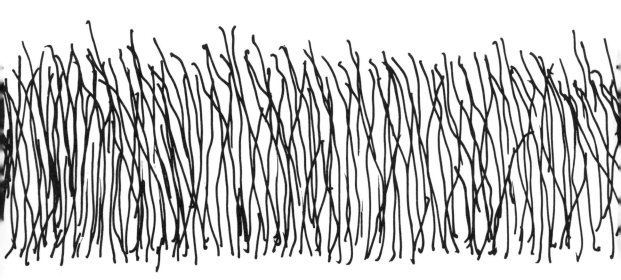

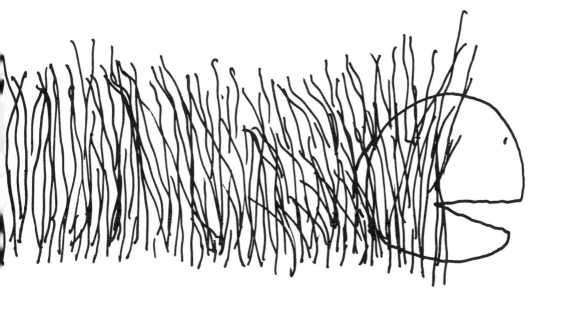

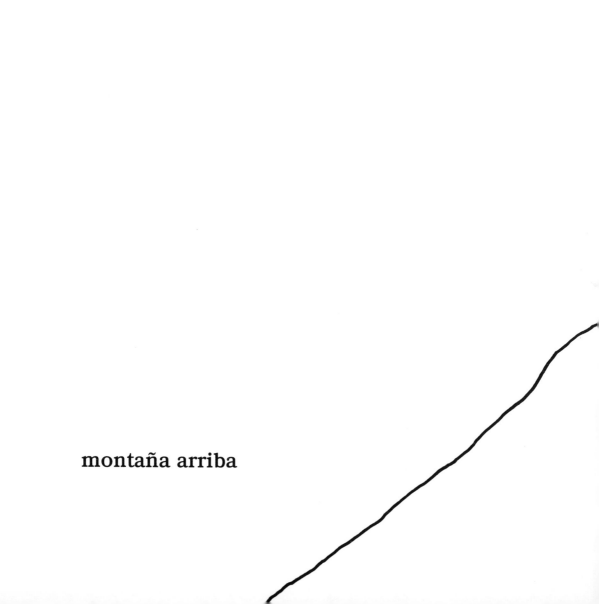

montaña arriba

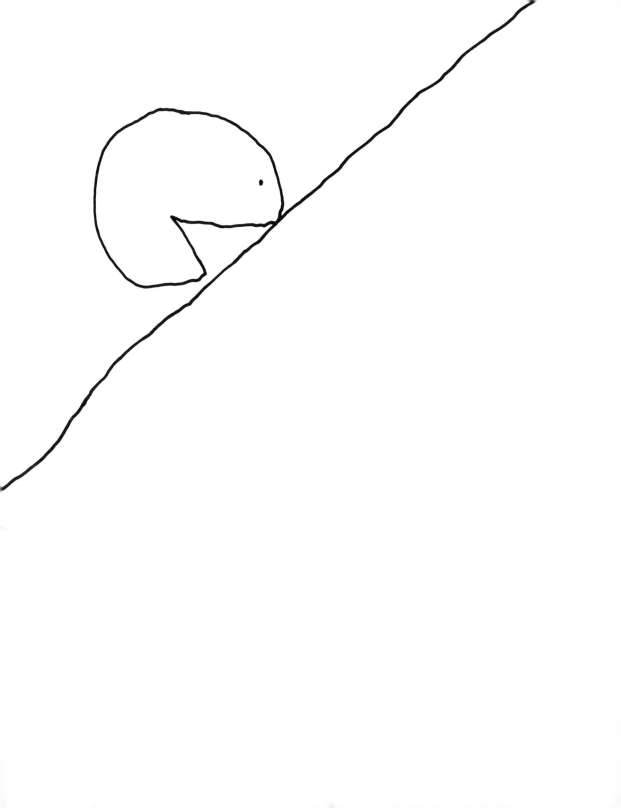

y montaña abajo

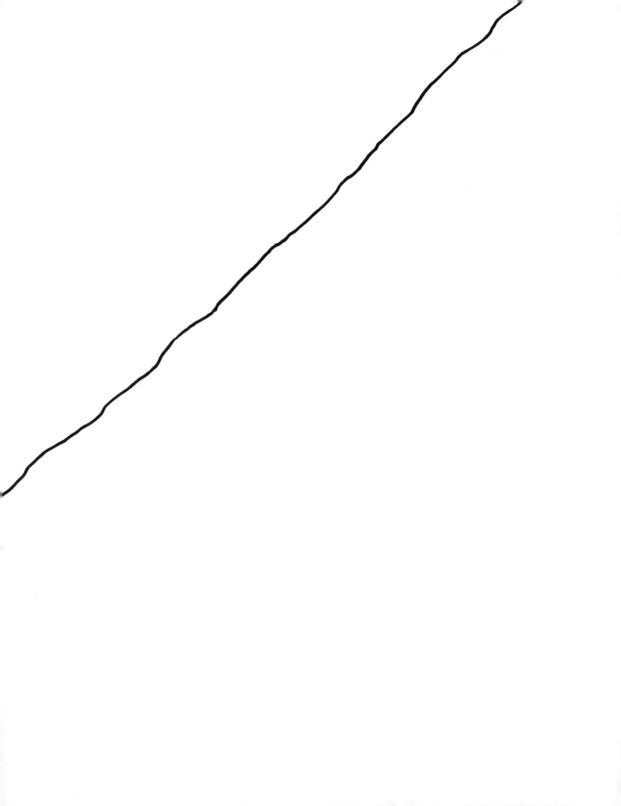

hasta que un día, mira tú por dónde:

    "He encontrado lo que me falta," cantó,

    "la parte que me falta,

    y busqué por la tierra y por el mar,

    y nadaba y nadaba y no paraba de…

"Espera un momento", dijo la parte.
"Antes que dejes de rodar..."

"Yo no soy la parte que te falta.

No soy la parte de nadie.

Soy mi propia parte.

Y aunque fuera

la parte que le falta a alguien

¡no creo que fuera la tuya!"

"Oh", dijo con tristeza,
"siento haberle molestado."
Y siguió rodando.

Encontró otra parte

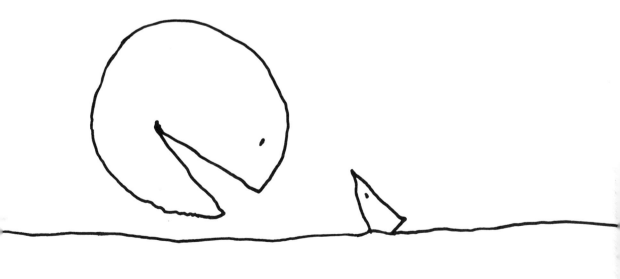

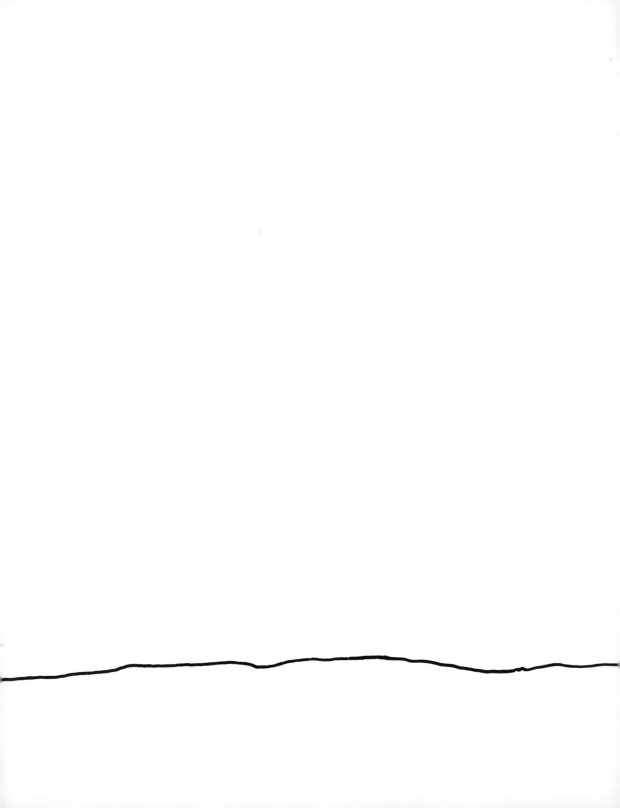

pero era demasiado pequeña.

y esta otra demasiado grande.

Ésta tenía demasiada punta

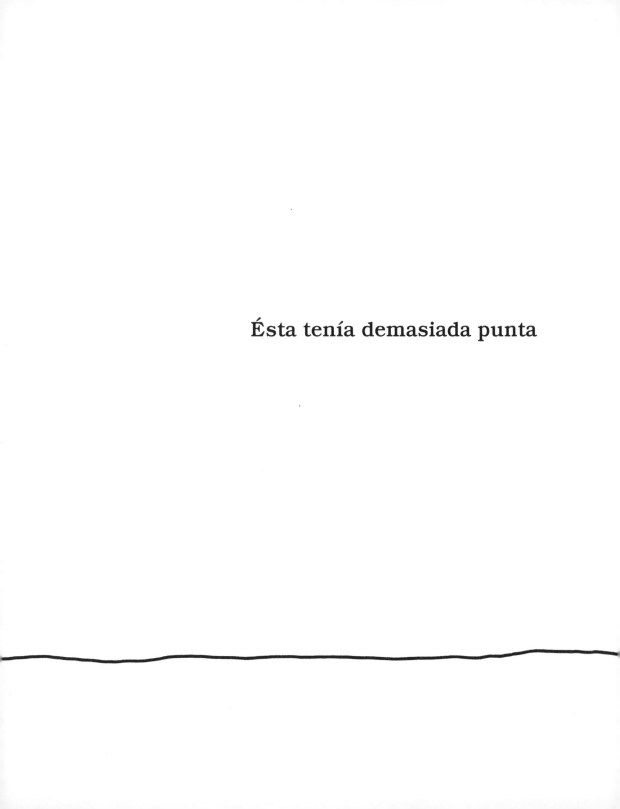

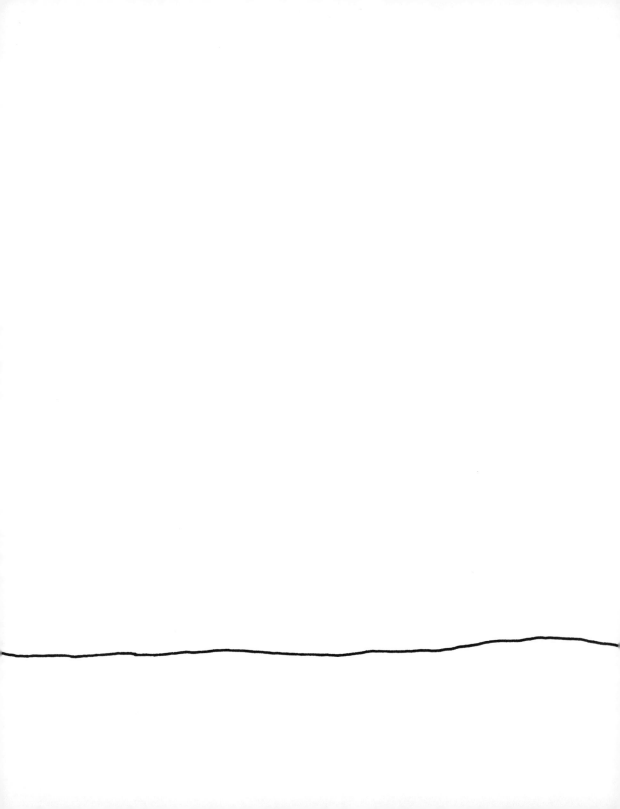

y ésta era demasiado cuadrada.

Una vez parecía
haber encontrado
la parte perfecta

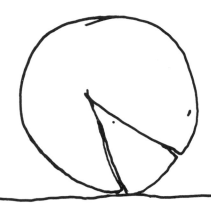

pero no la sujetó con la fuerza suficiente

y la perdió.

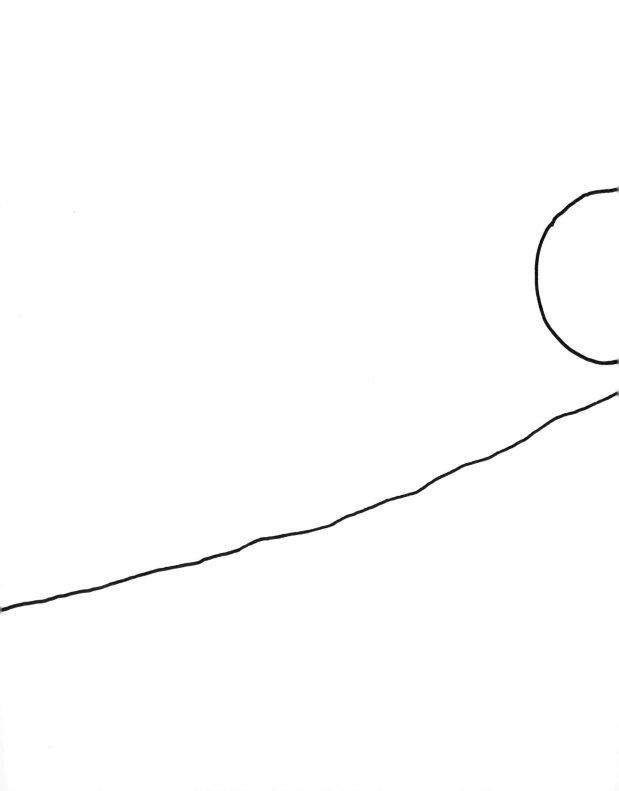

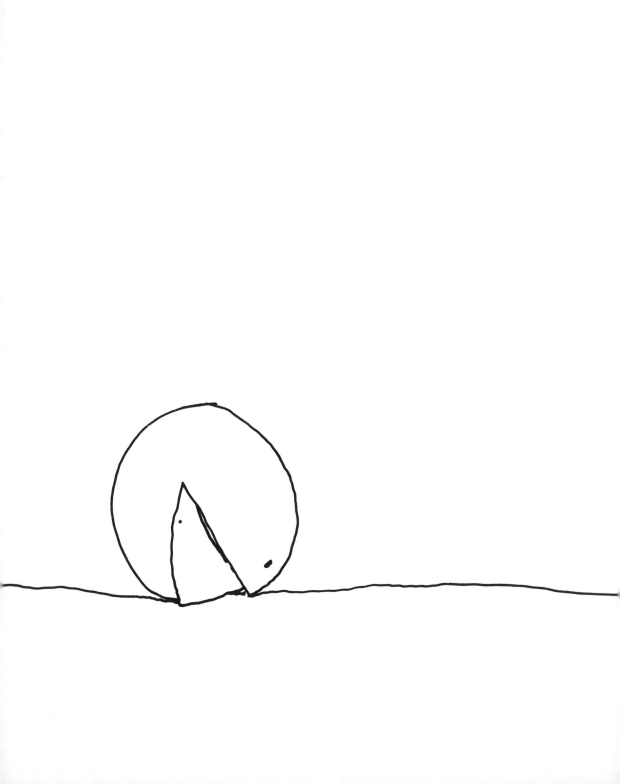

En otra ocasión

la agarró con demasiada fuerza

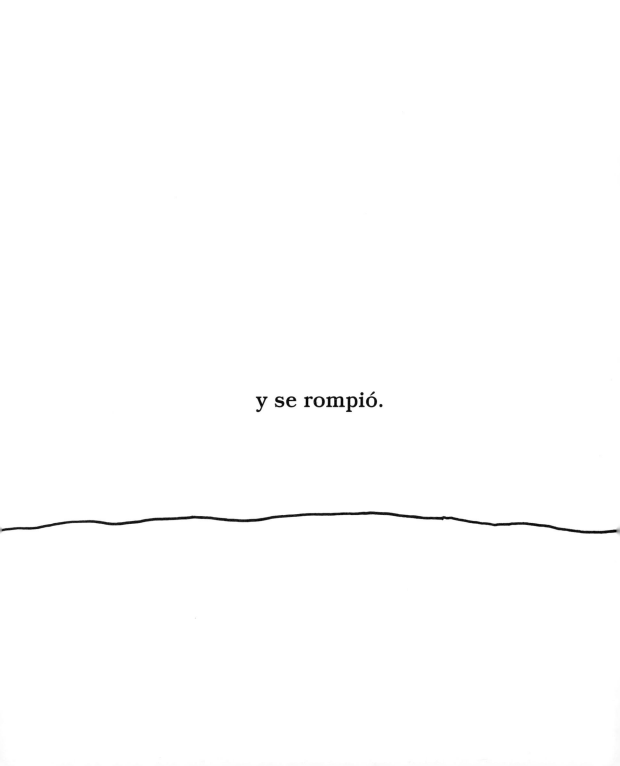

y se rompió.

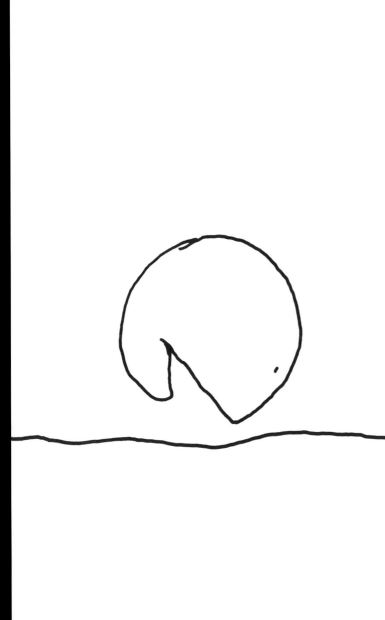

Así que siguió rodando,

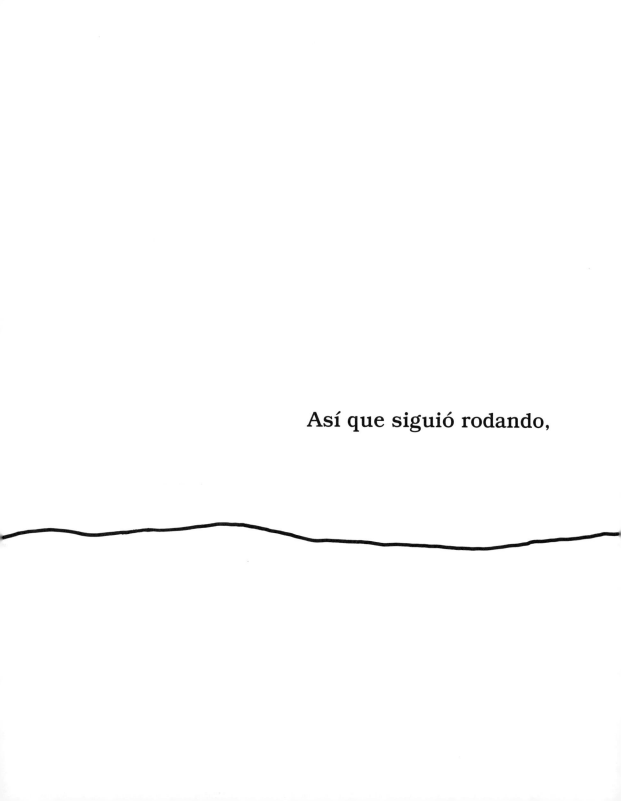

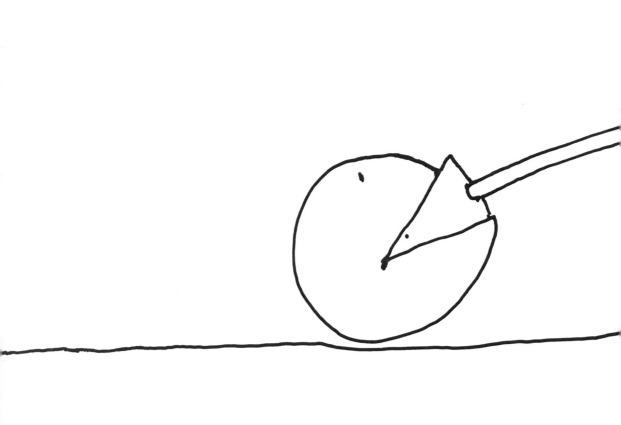

viviendo aventuras,

a veces cayéndose

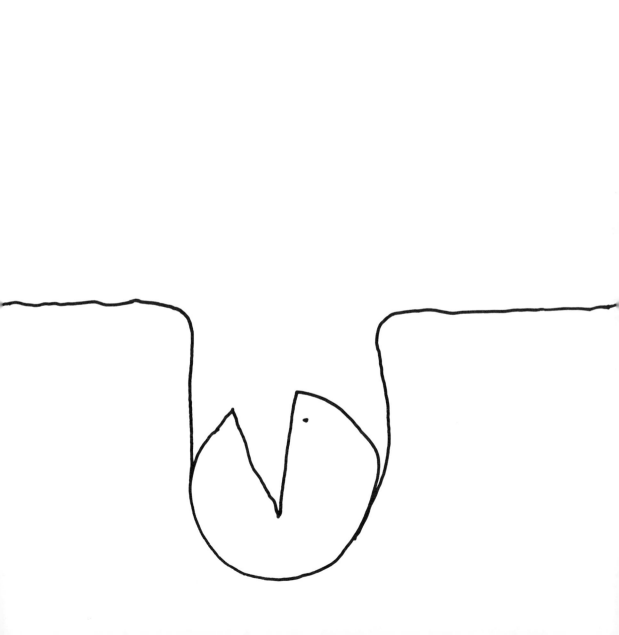

y otras, chocando contra muros de piedra.

Y entonces, un día, se topó
con otra parte que parecía
tener el tamaño justo.

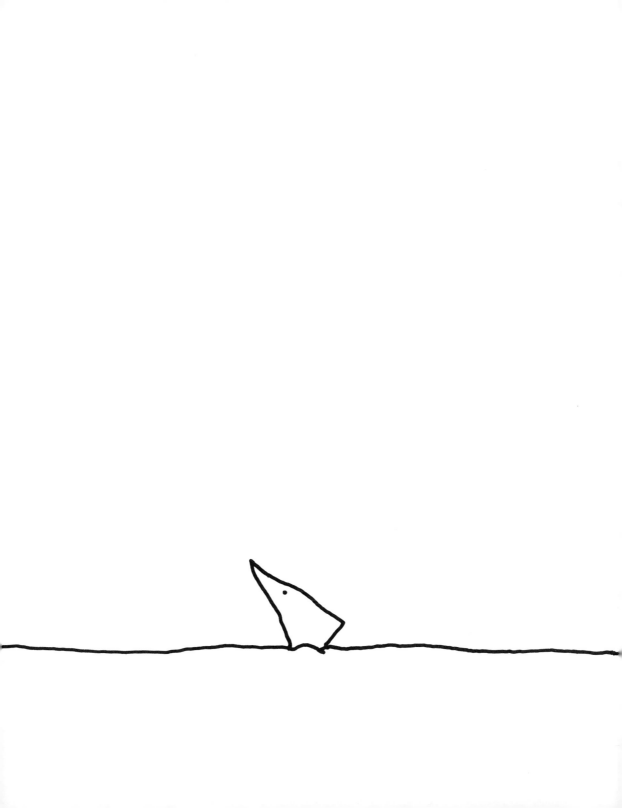

"Hola", dijo.

"Hola", dijo la parte.

"¿Es usted la parte que falta de alguien?"

"No, que yo sepa."

"Bueno, quizá quiera ser su propia parte..."

"Puedo ser la de alguien y a la vez ser la mía."

"Bueno, quizá no quiera ser mi parte..."

"Quizá sí que quiero ser tu parte."

"Quizá no encajemos..."

"Bueno..."

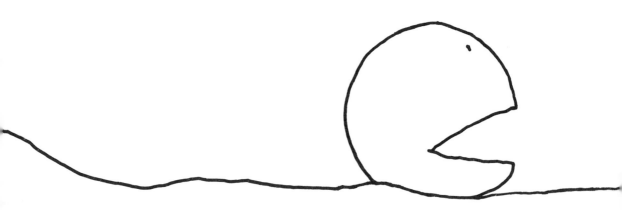

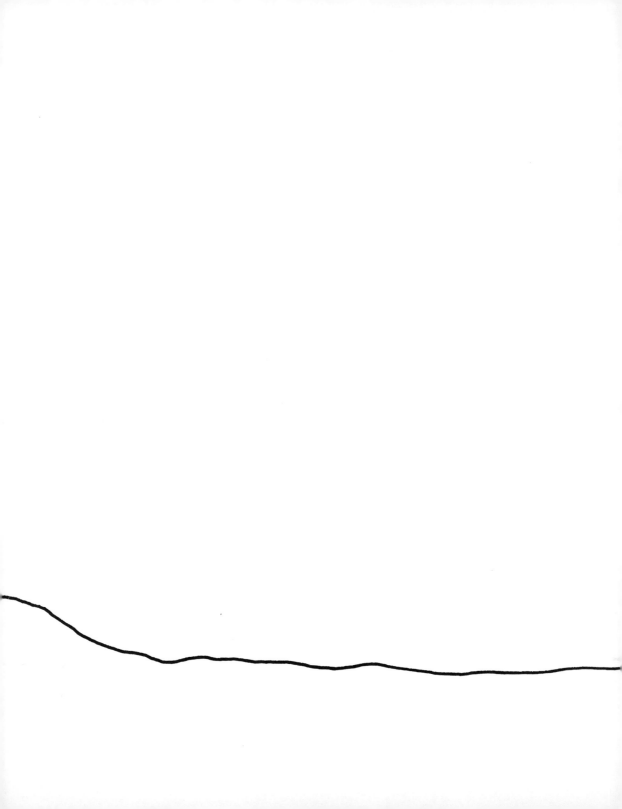

"¿Hummm?"

"¡Ummmm!"

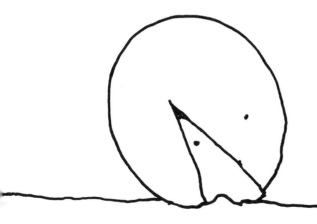

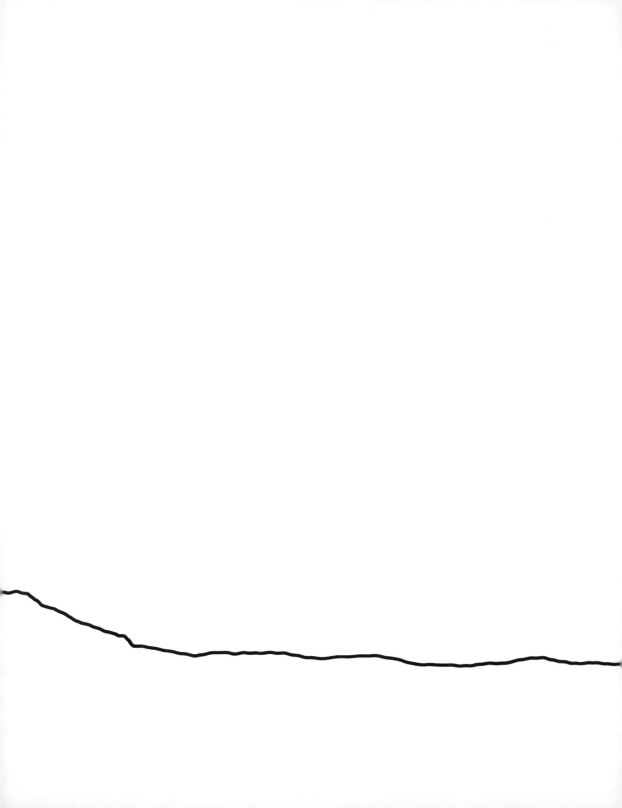

¡Encajaban!

¡Encajaban perfectamente!

¡Por fin! ¡Por fin!

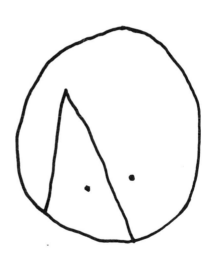

Y salió rodando
y como ahora estaba
entero,
rodó más y más
rápido.
Más rápido de lo que
jamás había rodado.

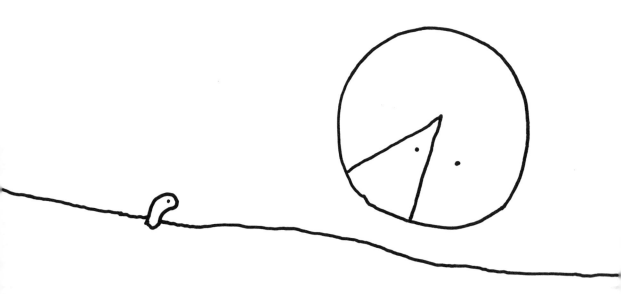

**Tan rápido que no podía detenerse
a hablar con un gusano**

ni para oler una flor

demasiado rápido para que
se posara una mariposa.

Pero *podría* cantar su canción feliz,
por fin podría cantar
"He encontrado la parte que me falta."

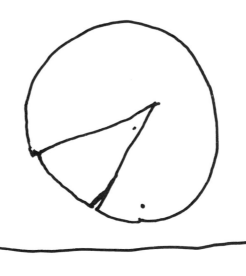

Y empezó a cantar:

"He encontao ho que be fa-ta

la barte que ne vaca

hoy po la tiera y po er ma,

nado y nado y no pao de odá..."

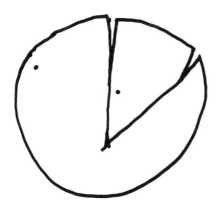

Vaya, ahora que
estaba completo
ya no podía cantar.

"¡Ajá!", pensó
¡De modo que esto es así!

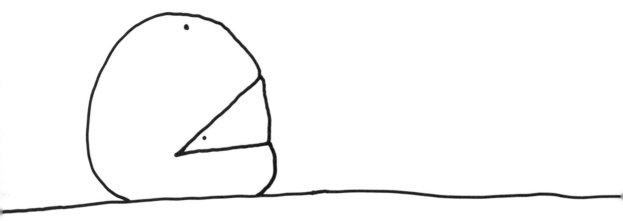

Así que paró de rodar...

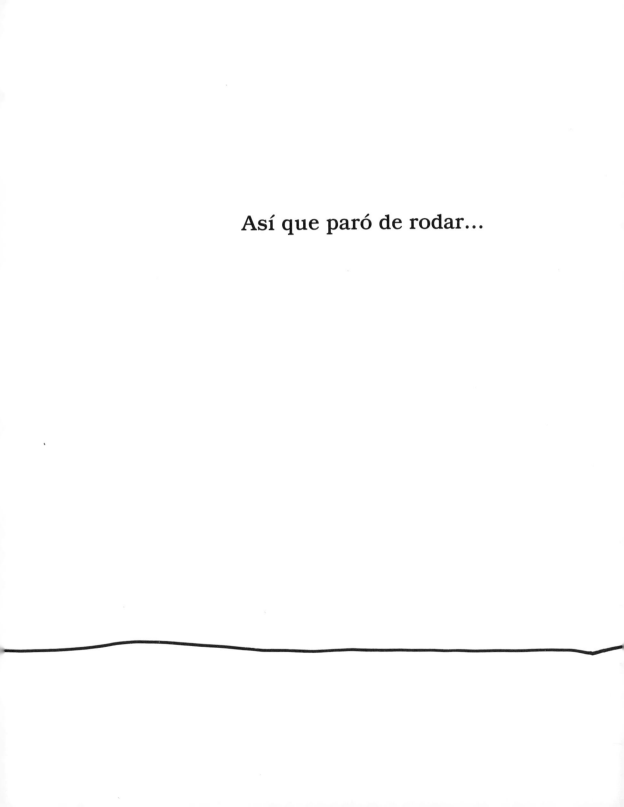

... dejó la parte en el suelo con mucho cuidado,

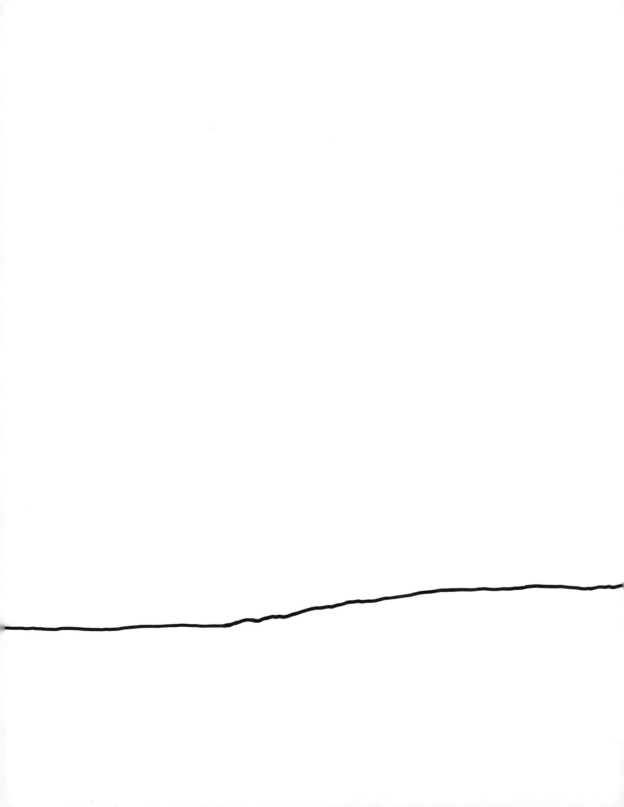

y se fue rodando despacio.

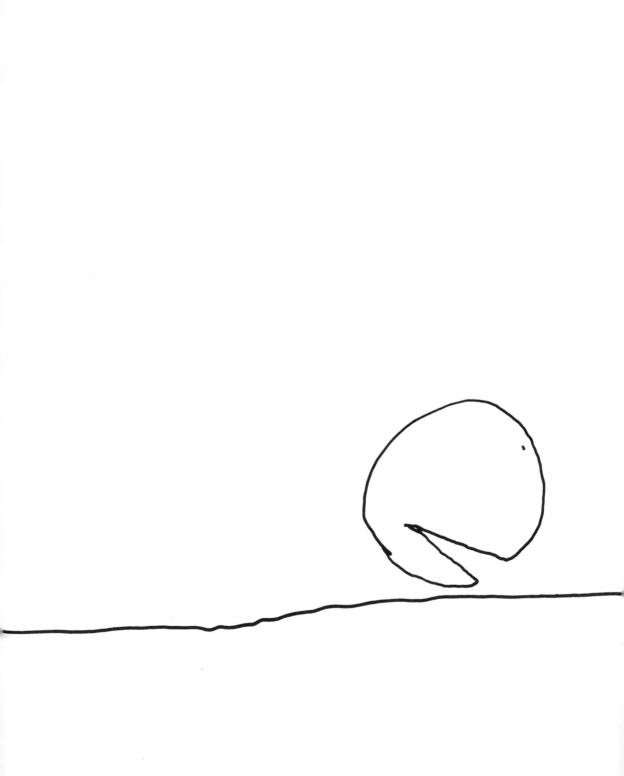

Y mientras rodaba cantaba muy bajito:

"Oh voy buscando lo que me falta,
la parte que me falta
y ayer, y hoy, allá voy,
buscando lo que me falta."

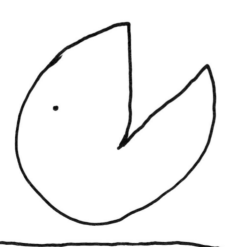

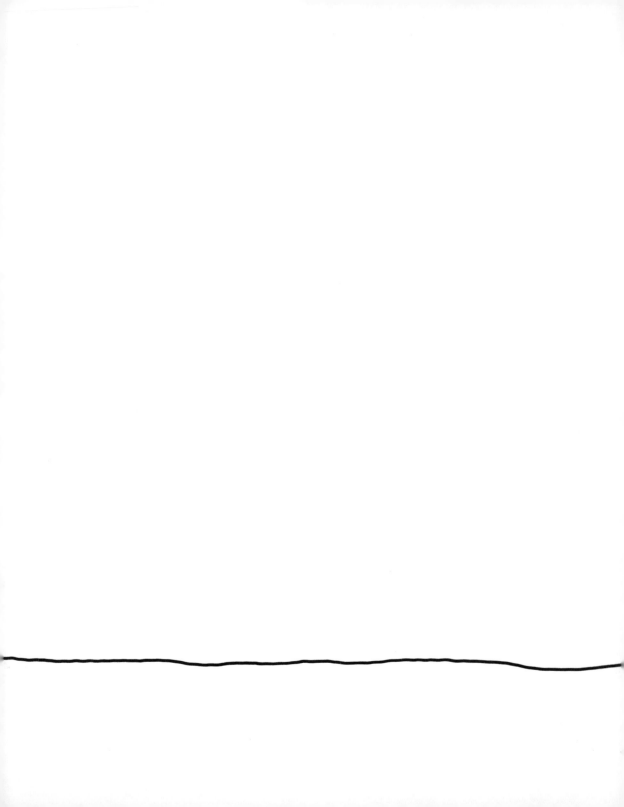